# VENTE

## AUX ENCHÈRES PUBLIQUES

*Après décès*

DE

# L'ATELIER

DE

## M. Hippolyte HOLFELD

### ARTISTE-PEINTRE

Second Prix de Rome (1832)

Médaille 3e classe (1841), Médaille 2e classe (1842)

## HOTEL DES VENTES, RUE DROUOT

### SALLE Nº 6

### Les Jeudi 25 et Vendredi 26 Avril 1872

A UNE HEURE

Par le ministère de Me **HAYAUX DU TILLY,** Commissaire-Priseur, rue de Clichy, 2,

Assisté de **MM. DHIOS** et **GEORGE,** Experts, rue Le Peletier, 33.

## EXPOSITION PUBLIQUE

Le Mercredi 24 Avril 1872, de 1 heure à 6 heures.

PARIS — 1872

RENOU ET MAULDE

IMPRIMEURS DE LA COMPAGNIE DES COMMISSAIRES-PRISEURS

Rue de Rivoli, 144.

# VENTE

## AUX ENCHÈRES PUBLIQUES

*Après décès*

DE

# L'ATELIER

DE

## M. Hippolyte HOLFELD

ARTISTE-PEINTRE

Second Prix de Rome (1832)

Médaille 3<sup>e</sup> classe (1841), Médaille 2<sup>e</sup> classe (1842)

## HOTEL DES VENTES, RUE DROUOT

### SALLE N° 6

Les Jeudi 25 et Vendredi 26 Avril 1872

A UNE HEURE

Par le ministère de M<sup>e</sup> **HAYAUX DU TILLY**, Commissaire-Priseur,
rue de Clichy, 2,

Assisté de **MM. DHIOS** et **GEORGE**, Experts, rue Le Peletier, 33.

## EXPOSITION PUBLIQUE

Le Mercredi 24 Avril 1872, de 1 heure à 6 heures.

PARIS — 1872

# CONDITIONS DE LA VENTE

—

La vente aura lieu au comptant.

Les Adjudicataires paieront CINQ POUR CENT en sus des adjudications.

## INDICATION SOMMAIRE

### PEINTURES

| | | |
|---|---|---|
| Tableaux................................................ N°ˢ | 1 à | 15 |
| Esquisses, Copies, Études............................ | 16 à | 28 |
| Études peintes......................................... | 29 à | 34 |

### DESSINS

| | | |
|---|---|---|
| Études de Tableaux................................ N°ˢ | 35 à | 59 |
| Grandes Études...................................... | 60 à | 95 |
| Études diverses...................................... | 96 à | 133 |

### GRAVURES ET LITHOGRAPHIES

| | | |
|---|---|---|
| Gravures.......................................... N°ˢ | 134 à | 182 |
| Lithographies...................................... | 183 à | 194 |

### OUVRAGES D'ART ET OBJETS DIVERS

| | | |
|---|---|---|
| Ouvrages d'art.................................... N°ˢ | 195 à | 196 |
| Objets divers...................................... | 197 à | 200 |

# DÉSIGNATION

## TABLEAUX

1 — Le Vendredi-Saint.
2 — Le Vendredi-Saint. (Répétition).
3 — Le Premier amour.
4 — Rembrandt enfant. Médaille 2ᵉ classe, 1842.
5 — La Sainte Famille. Médaille 2ᵉ classe, 1842.
6 — Homère. (Second prix de Rome, 1832.)
7 — Ulysse.
8 — Achille.
9 — Le Serpent d'Airain.
10 — Figure symbolique de la République.
11 — Portrait.
12 — Portrait du maréchal G***.
13 — Deux Paysages.
14 — Tête de fantaisie.
15 — Tête de Vierge.

---

## ESQUISSES, COPIES, ÉTUDES

16 — Petite fille à l'ombrelle.
17 — Marie-Antoinette écrivant son testament.
18 — Rembrandt enfant.
19 — Madeleine.
20 — L'Enfance de Pascal.
21 — Jésus rend la vue aux aveugles. (Copie.

22 — La Femme adultère. (Copie.)

23 — Descente de croix. (Copie.)

24 — Deux Copies d'après Rubens.

25 — Le Pain du ciel.

26 — L'Éducation religieuse.

27 — Étude d'arbre.

28 — Environ 50 Toiles d'esquises, copies, études diver-
ses, seront vendues sous ce numéro.

---

## ÉTUDES PEINTES

| | | |
|---|---|---|
| 29 — Têtes d'études | 41 | Pièces. |
| 30 — Sujets anciens et modernes | 46 | — |
| 31 — { Sujets religieux | 6 | — |
| { Paysages | 24 | — |
| 32 — Paysages, études d'arbres, rochers | 45 | — |
| 33 — Études de fleurs | 12 | — |
| 34 — Sujets divers | 34 | — |

---

## DESSINS

### (ÉTUDES DE TABLEAUX)

| | | |
|---|---|---|
| 35 — { Homère | 3 | Pièces. |
| { Rembrandt enfant | 7 | — |
| 36 — { Jésus et Nathanaël. (Le tableau est à l'Église Saint-Jacque-du-Haut-Pas, à Paris) | 4 | — |
| { La Parabole des semences. (Le tableau a été gravé) | 3 | — |

| | | | |
|---|---|---|---|
| 37 — | { L'Amour............<br>{ Le Hasard............ | (2 tabl. gr.) | 7 Pièces. |
| 38 — | { Éducation morale......<br>{ Éducation religieuse ... | (2 tabl. gr.) | 11 — |
| 39 — | { Innocence ............<br>{ Coquetterie ............ | (2 tabl. gr.) | 10 — |
| 40 — | { La Prière en commun...<br>{ L'Enseignement mutuel | (2 tabl. gr.) | 26 — |
| 41 — | Le Livre d'images. (Le tableau à appartenu au roi Louis-Philippe)... | | 3 — |
| | La Madone à l'Évangile. (Le tableau a été acheté par le Ministère de l'intérieur.................... | | 7 — |
| 42 — | La Parabole du Pain du ciel. (Tableau gr.).................... | | 19 — |
| | Passion de J.-C. — Martyre de saint Jean. (2 tableaux gravés)........ | | 25 — |
| 43 — | { L'Heureuse mère................ | | 4 — |
| | { La Prière. — L'Étude. (2 tabl. gr.). | | 6 — |
| 44 — | Les Enfants de chœur au lutrin.... | | 12 — |
| 45 — | Marie-Antoinette écrivant son testament. (Le tableau est au Musée de Bordeaux)................... | | 18 — |
| 46 — | { Le Livre classique .....<br>{ Le Livre illustré....... | (2 tabl. gr.) | 26 — |
| 47 — | { Le Matin de Noël. (Tableau gravé).. | | 6 — |
| | { Le Premier amour,............ | | 4 — |
| 48 — | Le Vendredi-Saint................. | | 70 — |
| 49 — | { Au nom du Père......<br>{ Je crois en Dieu....... | (2 tabl. gr.) | 25 — |
| 50 — | Le Petit saint Jean en prière. (Tableau gravé).................... | | 7 — |
| 51 — | Figure symbolique de la République. (Le tableau a été commandé par le Gouvernement en 1848)........... | | 2 — |

52 — L'Enfance de Pascal...................... 16 Pièces•

53 — { La Madeleine.......................... 10 —
      { Le Baptême de Constantin............ 5 —
      { La Petite fille à l'ombrelle............ 5 —

54 — Sujets divers........................... 22 —

55 — Agnès Sorel............................ 9 —

56 — Tableaux de genre..................... 39 —

57 — Tableaux de genre..................... 35 —

58 — Tableaux de genre..................... 20 —

59 — Projets de Tableaux. Sujets anciens et
     modernes.............................. 18 —

# GRANDES ÉTUDES

60 — Les Saisons............................ 9 Pièces.

61 — Allégories............................. 8 —

62 — Les Muses............................. 19 —

63 — Muses et Saisons...................... 6 —

64 — { Les Mois.   12 p. } Ensemble....... 16 —
     { Les Saisons. 4 p. }

65 — Études d'après l'antique.............. 12 —

66 — Dessus de Portes...................... 5 —

67 — Les Saisons (Plafond)................. 7 —

68 — Sujets religieux....................... 6 —

69 — Sujets divers.......................... 9 —

70 — Sujets divers.......................... 15 —

71 — Sujets divers.......................... 13 —

72 — Sujets divers.......................... 9 —

73 — Sujets divers.......................... 17 —

74 — Sujets divers.......................... 13 —

75 — Sujets décoratifs.................... 9 Pièces.
76 — Sujets décoratifs.................... 15 —
77 — Sujets décoratifs.................... 21 —
78 — Sujets décoratifs. (Exécutés à l'Hôtel-
     de-Ville de Paris)................ 6 —
79 — Sujets décoratifs.................... 8 —
80 — Sujets décoratifs. (Enfants)......... 10 —
81 — Sujets décoratifs. (Plafond)......... 12 —
82 — Sujets décoratifs. (Enfants)......... 11 —
83 — Sujets décoratifs. (Enfants)......... 14 —
84 — Sujets décoratifs. (Enfants)......... 16 —
85 — Sujets décoratifs. (Plafond)......... 6 —
86 — Sujets décoratifs. (Enfants)......... 16 —
87 — Figures décoratives pour plafonds... 8 —
88 — Sujets décoratifs. (Enfants)......... 12 —
89 — Sujets décoratifs. (Enfants)......... 21 —
90 — Sujets décoratifs. (Enfants)......... 18 —
91 — Figures décoratives................ 14 —
92 — Grandes Figures décoratives pour
     plafonds...................... 10 —
93 — Sujets décoratifs. (Plafonds)........ 6 —
94 — Figures décoratives. (Enfants)....... 12 —
95 — Figures décoratives. (Enfants)....... 13 —

## ÉTUDES DIVERSES

| | | |
|---|---|---|
| 96 — Architecture.................... | 22 | Pièces. |
| 97 — Fleurs et Fruits................ | 16 | — |
| 98 — Anatomie...................... | 30 | — |
| 99 — Etudes de pieds et de mains....... | 95 | — |
| 100 — Têtes d'études ................. | 43 | — |
| 101 — Têtes d'études................. | 52 | — |
| 102 — Académies. (Hommes)........... | 38 | — |
| 103 — Académies. (Hommes)........... | 55 | — |
| 104 — Académies. (Femmes)........... | 57 | — |
| 105 — Académies (Enfants)............. | 76 | — |
| 106 — Académies (Hommes et Femmes)... | 46 | — |
| 107 — Portraits divers................ | 49 | — |
| 108 — Portraits divers................ | 29 | — |
| 109 — Portraits divers............... | 110 | — |
| 110 — Costumes divers................ | 54 | — |
| 111 — Costumes divers................ | 71 | — |
| 112 — Sujets religieux................ | 108 | — |
| 113 — Sujets mythologiques et allégories. | 36 | — |
| 114 — Études pour plafonds........... | 36 | — |
| 115 — Figures pour décoration......... | 98 | — |
| 116 — Figures pour décoration......... | 86 | — |
| 117 — — — ......... | 70 | — |
| 118 — — — ......... | 84 | — |
| 119 — — — ......... | 71 | — |
| 120 — — — ......... | 60 | — |
| 121 — — — ......... | 43 | — |
| 122 — — — (Têtes).... | 48 | — |
| 123 — — — (Têtes).... | 77 | — |
| 124 — — — (Femmes). | 54 | — |
| 125 — — — (Enfants).. | 68 | — |
| 126 — — — (Enfants).. | 68 | — |

127 — Figures pour décoration. (Enfants). 76 Pièces.
128 — Ornements et Attributs.,.......... 37 —
129 — Études de draperies............... 45 —
130 — Études de draperies............... 26 —
131 — Études de draperies............... 109 —
132 — Paysages. Études d'arbres, etc..... 68 —
133 — Sujets divers.................... 184 —

———

# GRAVURES

134 — Architecture.................... 34 Pièces.
       Études de pieds et mains.......... 12 —
       Figures d'après l'antique.......... 26 —
135 — Portraits divers................. 34 —
136 — Portraits divers................. 55 —
137 — Portraits divers................. 28 —
138 — Portraits. (Gravures anciennes)..... 11 —
139 — Costumes xv$^e$, xvi$^e$, xvii$^e$ siècles.... 89 —
140 — Costumes militaires.............. 23 —
141 — Costumes dramatiques........... 34 —
142 — Costumes divers et Modes........ 144 —
143 — Sujets religieux divers........... 31 —
144 — Sujets religieux................. 39 —
145 — École française. (Simon Vouët, Jou-
       venet, Callot).................. 21 —
146 — École française. (Fragonard, Greuze,
       Prudhon)..................... 37 —
147 — École française. Lesueur, Lebrun).. 28 —
148 —        — .   (Boucher)........ 56 —
149 —        — .   (Poussin, Mignard). 29 —
150 —        —     (Overbeeck, Moreau 39 —

— 10 —

151 — École française. Divers............  67 Pièces.  
152 — École italienne. (Raphaël, Véronèse,  
        —        Carrache).......  37   —  
153 —      —     (Le Guide, Albane  
           Dominiquin. ....  52   —  
154 — Écoles flamande et hollandaise.  
     (Rembrandt).................  35   —  
155 — Écoles flamande et hollandaises.  
     (Téniers, Wouvermans, Ostade...  37   —  
156 — Écoles flamande et hollandaise,  
     (Rubens, Van Dyck. Divers)......  30   —  
157 — Sujets religieux. (Eaux-fortes).....  7   —  
158 — Sujets religieux..................  70   —  
159 — Sujets religieux..................  94   —  
160 — Mythologie et allégories..........  58   —  
161 — Mythologie et allégories..........  73   —  
162 — Mythologie et allégories..........  29   —  
163 — Mythologie et allégories..........  47   —  
164 — Mythologie et allégories..........  66   —  
165 — Allégories......................  107   —  
166 — Allégories......................  66   —  
167 — Sujets décoratifs................  74   —  
168 — Sujets décoratifs. Plafonds),.......  29   —  
169 — Figures pour décoration..........  19   —  
170 — Ornements et Attributs..........  112   —  
171 — Camées et Médailles..............  28   —  
172 — Vignettes anglaises..............  24   —  
173 — Vignettes anglaises. (Paysages).....  28   —  
174 — Vignettes anglaises..............  37   —  
175 — Vignettes anglaises..............  60   —  
176 — Paysages......................  85   —  
177 — Paysages et Marine..............  67   —  
178 — Sujets militaires ; Animaux.......  101   —  
179 — Sujets divers. (Eaux-fortes)........  30   —  
180 — Sujets divers. (Coloriés)..........  44   —

181 — Sujets divers................... .. 82 Pièces.
182 — Sujets divers.................... 175   —

## LITHOGRAPHIES

183 — Fleurs et Fruits.................. 134 Pièces.
184 — Têtes d'études (par Julien et autres.  56   —
185 — Portraits (par Grévedon et autres)..  94   —
186 — Académies, Allégories............  29   —
187 — Ornements et Attributs...........  51   —
188 — Sujets militaires...............  20   —
189 — Paysages divers................ 104   —
190 — Études d'arbres (de J. Coignet)....  19   —
191 — Animaux.....................  88   —
192 — Sujets divers. (Adam et autres)..... 100   —
193 — Sujets divers.................  80   —
194 — Sujets divers et religieux.........  76   —

## OUVRAGES D'ART

195 — Les Plafonds de Versailles. 1 volume de 52 planches. Gravures de Massé.  ·
196 — Musée des Antiques. 3 volumes. — Gravures de Bouillon et texte.

# OBJETS DIVERS

197 — Quantité de plâtres.
198 — Costumes et draperies.
199 — Chevalets, Boîtes à couleurs, Meubles d'ateliers.
200 — Meubles et Objets.

Renou et Maulde, imprimeurs de la Compagnie des Commissaires-Priseurs,
rue de Rivoli, 144.                    19781